INSTITUT DE FRANCE.

ACADÉMIE DES INSCRIPTIONS ET BELLES-LETTRES.

FUNÉRAILLES

DE

M. BERGAIGNE

MEMBRE DE L'ACADÉMIE

Le lundi 13 août 1888.

DISCOURS

DE

M. ALFRED MAURY

MEMBRE DE L'ACADÉMIE.

Messieurs,

L'Académie des Inscriptions et Belles-Lettres est cruellement éprouvée depuis quelques années! Encore un coup qui vient de la frapper et un coup des plus douloureux. L'un de ceux qu'elle avait, il n'y a pas longtemps, appelés dans son sein, M. Abel Bergaigne, lui a été enlevé par une mort inopinée. Un affreux accident a mis fin à ses jours, alors qu'il était dans toute la force de l'âge, dans toute la

1

plénitude de son activité! Parti pour le midi de la France, où il était allé chercher dans les Alpes quelques instants de distractions et de repos, après une année de labeur continu, nous comptions le revoir plus dispos et mieux préparé que jamais à reprendre sa vie d'études. Au lieu d'un confrère auquel nous eussions serré affectueusement la main, c'est un cadavre qui nous est arrivé!

En l'absence du président et du vice-président de notre Compagnie, j'ai été désigné pour adresser à l'homme qu'entouraient notre profonde estime et notre vive sympathie, un dernier adieu. Moi, l'un des plus anciens, des plus vieux membres de notre Académie, j'ai le triste devoir de parler sur la tombe d'un confrère qui semblait destiné à vivre bien des années après que j'aurais disparu.

Abel-Henri-Joseph Bergaigne était né à Vimy (Pas-de-Calais), le 31 août 1838. Son père était attaché au service de l'Enregistrement et des Domaines, et conformément à une tradition qui s'observe chez bien des familles de cette honorable administration, notre regretté confrère suivit d'abord la profession paternelle. Dans le concours qui y donnait accès, il fut admis le premier et occupa quelque temps un emploi dans l'Enregistrement. Mais malgré la capacité pour ces fonctions dont il donnait des preuves, il se sentit entraîné ailleurs. Il avait fait d'excellentes études classiques; il éprouvait un goût décidé pour les belles-lettres et surtout pour la poésie. Sa mère, devenue veuve et dont il était l'idole, ne voulut pas contrarier sa vocation. Il vint à Paris, et, cherchant une source plus fraîche et plus féconde d'inspiration de son génie poétique, il se tourna du côté de l'Inde. Grâce à des traductions, les

chefs-d'œuvre de la littérature sanscrite commençaient à
trouver des admirateurs dans notre monde lettré. Mais
Abel Bergaigne n'était pas homme à se contenter de ver-
sions, où s'affaiblissaient nécessairement la conception et
la forme originales ; il entendit apprendre à fond le sanscrit, cette langue si riche et si puissante qui occupe aujour-
d'hui un des premiers rangs dans la philologie orientale.
Il eut la chance de rencontrer un maître, M. Hauvette-Besnault, dont le savoir à la fois solide et modeste songeait
plus à faire des élèves dignes du pays qu'à se créer à soi-
même une bruyante réputation. M. Hauvette-Besnault,
qu'une mort soudaine a enlevé aux lettres orientales, quelques semaines seulement avant M. Bergaigne, communiqua
à son jeune élève ce besoin de rigueur et ce culte de la
grammaire indispensables à celui qui veut devenir un vrai
philologue. Bergaigne n'avait vu tout d'abord dans les
créations littéraires de l'Inde que l'éclat de l'imagination
et l'originalité attachante de la forme. Introduit plus avant
dans le sanctuaire des études sanscrites, sa curiosité fut
éveillée par les questions multiples que soulèvent les plus
anciennes compositions religieuses et poétiques de l'Inde.
Il s'était, au début, occupé du drame indien ; il avait lu et
relu cette célèbre pièce de *Sacountala*, qui charmait déjà
en Europe les dilettanti de l'art théâtral ; il entreprit d'en
donner une nouvelle traduction, où tout le parfum de la
composition hindoue fût conservé. Mais un ouvrage de
plus haute importance pour l'histoire et pour la langue
attira bientôt presque exclusivement ses méditations, le
Rig-Véda, cet antique recueil d'hymnes qui est le monument le plus vénérable du brahmanisme. Quand Bergaigne

commençait à approfondir l'intelligence de ce livre sacré, c'était le moment où les ouvrages religieux de l'Inde, étudiés auparavant dans leur forme extrinsèque, devenaient l'objet d'un examen plus sévère et d'une discussion plus serrée. Tandis que les uns reprenaient, avec les exigences de la critique nouvelle, l'étude du bouddhisme, d'autres, et Bergaigne fut de ceux-là, se mirent à fouiller jusqu'aux racines des Védas. Notre confrère fit marcher de front des investigations sur la langue et le style du Rig-Véda, sur sa métrique, sur son mode de composition et sur le panthéon dont les hymnes des anciens richis nous révèlent l'origine et le développement. Il jeta une lumière inattendue sur le caractère de ces divinités, sur les rites, la liturgie des sacrifices dont les hymnes marquent les diverses phases et qui sont étroitement liés à la conception de ces divinités mêmes, s'élevant contre l'abus que l'on avait fait du rapprochement de la mythologie védique avec celles des peuples indo-européens. C'est ce qui nous a valu plusieurs des premières productions de notre savant confrère. Je me contenterai de citer : l'*Arithmétique mythologique du Rig-Véda*, les *Dieux souverains de la religion védique* et la *Religion védique d'après les hymnes du Rig-Véda*. Par l'examen attentif et lumineux qu'il poursuivit des hymnes du Rig-Véda, Bergaigne changea notablement les idées qu'on se faisait de la forme primitive des chants religieux des Aryas et de la date des morceaux qui nous les ont transmis. Ces travaux ont placé Bergaigne au nombre des indianistes éminents; en même temps qu'ils transformaient la connaissance de la mythologie védique, ils nous apportaient des notions plus exactes et plus précises de l'idiome

et de la forme dans lesquels sont composés les hymnes
dont d'autres orientalistes s'attachaient à donner un texte
plus correct. Rappelons son *Étude sur le lexique du Rig-
Véda,* ses dissertations sur le classement et les divisions
de ce même livre sacré, ses observations sur les dates
qu'on avait voulu attribuer à divers hymnes du recueil.
Tout récemment encore, dans nos séances, nous écou-
tions avec autant de profit que d'intérêt, de nouvelles
remarques qu'il nous communiquait sur ces sujets diffi-
ciles et où il faisait preuve d'une connaissance consommée
des Védas.

La langue sanscrite est, vous le savez, Messieurs, la
sœur aînée de nos langues classiques. Son incomparable
grammaire, son inépuisable vocabulaire, ont répandu d'inap-
préciables clartés sur la formation et l'histoire du grec et
du latin. Il était donc utile que l'enseignement de cet
idiome prît place dans nos Facultés des lettres. Il n'avait
été longtemps représenté que par le seul cours du Collège
de France, auquel demeurent attachés les impérissables
noms de Chézy et d'Eugène Burnouf. L'Université com-
prit que son enseignement supérieur ne devait pas exclure
la langue dont l'étude parachève celle du grec et du latin,
et Bergaigne, reçu docteur ès lettres, a eu l'honneur
d'inaugurer à la Sorbonne cet enseignement nouveau,
auquel, grâce aussi à lui, une place légitime était faite
dans l'École pratique des hautes études. Notre regretté
confrère a fait comprendre, par une brochure justement
remarquée (*La place du sanscrit et de la grammaire comparée dans l'enseignement universitaire,* 1886), les services que
devaient rendre à la philologie classique les leçons qui

1.

lui étaient confiées. En présence des résultats si précieux auxquels les études indiennes conduisent, notre Académie pensa que ces études devaient être représentées dans son sein plus largement qu'elles ne l'avaient été par le passé. Notre illustre confrère, feu Adolphe Régnier, l'avait dit avec autorité, et il communiqua sa conviction à notre Compagnie. Aussi, après avoir appelé à elle notre savant confrère M. Senart, voulut-elle s'agréger Abel Bergaigne, qui avait été notre lauréat. En 1873, il avait remporté le prix sur la question suivante : *Étude comparative sur la construction, dans les langues aryennes, particulièrement en sanscrit, en grec, en latin, dans les dialectes germaniques et dans les langues néo-latines.* Bergaigne fut élu membre titulaire le 6 février 1885. Il n'était pas plus tôt assis parmi nous qu'il nous apportait son actif concours pour l'appréciation et l'intelligence de ces précieuses inscriptions de l'Indo-Chine dont M. Aymonier a doté la philologie orientale. Entre les textes épigraphiques en sanscrit, en khmer et en quelques autres idiomes transgangétiques dont beaucoup appartiennent à l'ancien empire de Ciampa, il en est qui éclairent d'une manière inattendue l'histoire des religions, des littératures et la chronologie des dynasties de l'extrême Orient. Bergaigne est un de ceux grâce auxquels nous pouvons faire usage de ces curieux monuments épigraphiques, et son travail sur les inscriptions sanscrites du Cambodge, qui a enrichi notre Collection des *Notices et Extraits,* demeurera un des titres scientifiques les plus importants de notre regretté confrère.

C'est assez vous dire, Messieurs, tout ce que notre Compagnie, tout ce que les lettres savantes perdent avec Abel

Bergaigne : un professeur expérimenté qui avait simplifié l'enseignement de la langue sanscrite (*Manuel pour étudier la langue sanscrite*), un philologue plein de sagacité et aussi exercé que sûr, qui était sans égal pour le maniement de tout ce qui touche au Rig-Véda (*Quelques observations sur les figures de rhétorique dans le Rig-Véda, — Syntaxe des comparaisons védiques dans les Mélanges Rénier*). Ajoutons que nous perdons dans Abel Bergaigne un confrère parfait, dont le commerce était plein de douceur et de charme. Cœur ouvert et âme tendre, il avait été de bonne heure frappé dans ses plus intimes affections; il avait vu mourir la jeune épouse qu'il chérissait et l'enfant né de son union. Il était resté seul, demandant à l'étude, cette grande consolatrice des sages, un adoucissement à sa douleur.

Messieurs, réunis autour d'une tombe qu'une sorte de fatalité semble avoir ouverte, fortifions-nous dans la pensée, par le noble exemple que nous laisse Bergaigne, que la vie est un bien précaire, qui n'acquiert de valeur qu'autant que nous la consacrons à être utile à nos semblables, au culte de la vérité, à la science, qui élève l'intelligence et la met au-dessus des misères et des tribulations de ce monde.

A dieu, Bergaigne, adieu!

DISCOURS

DE

M. AUGUSTE HIMLY

MEMBRE DE L'ACADÉMIE DES SCIENCES MORALES ET POLITIQUES

AU NOM DE LA FACULTÉ DES LETTRES.

Messieurs,

Une fois de plus la Faculté des Lettres vient joindre
ses hommages et ses regrets à ceux de l'Institut, devant
cette tombe inopinément ouverte d'un collègue et d'un
ami, enlevé, dans la force de l'âge et du talent, par un de
ces coups foudroyants qui nous mettent soudainement face
à face avec la vanité des choses humaines. Il y a quelques
jours à peine M. Bergaigne prenait gaiement congé de
nous, heureux d'aller se retremper, après les fatigues
d'une année laborieuse, dans l'air pur des Alpes; la veille
même de la catastrophe, il plaisantait ses collègues que la

besogne fastidieuse des examens retenait plus longtemps
que lui à la Sorbonne; puis dans une de ces audacieuses
ascensions qui lui étaient familières, le pied lui glisse, il
tombe, roule, et le précipice n'a rendu que son cadavre !
En un instant s'est trouvé anéanti le légitime espoir d'un
avenir long et glorieux que nous nous promettions pour
lui, et il ne nous reste que la triste consolation de procla-
mer la grandeur de notre perte, en la mesurant à la fois à
l'éclat des services du professeur et du savant et à l'har-
monieux ensemble des vertus de l'homme de bien.

La carrière scientifique et universitaire d'Abel-Henri-
Joseph Bergaigne avait débuté d'une façon peu ordinaire.
Né à Vimy (Pas-de-Calais) le 31 août 1838, il fit, il est
vrai, des études complètes au lycée d'Amiens, mais après
leur achèvement il entra dans l'administration, et pendant
une série d'années le futur linguiste travailla dans un bu-
reau d'hypothèques. Des aspirations plus hautes le han-
taient cependant; il vint à Paris suivre des cours, tout en
donnant des leçons, et en 1866 il prenait sa licence ès
lettres. A ce moment il venait de trouver sa voie : M. Hauvette-Besnault, le maître vénéré sur la tombe duquel il
prononçait naguère de si touchantes paroles, avait com-
mencé à l'initier aux mystères de la langue sacrée de
l'Inde, et ses progrès furent tellement rapides que dès
1867 il devenait répétiteur pour le sanscrit à l'École nou-
vellement créée des hautes études. Ces modestes fonctions
furent les seules qu'il exerça dix années durant, dix ans
pendant lesquels il amassait les matériaux des publica-
tions qui devaient faire de lui un indianiste de premier
ordre et une des gloires de la science française; en 1877

seulement, après avoir été reçu docteur à l'unanimité, en
présence et sous les auspices d'Adolphe Régnier, il devenait maître de conférences de langue et littérature sanscrites à la Faculté des Lettres, tout en conservant son enseignement à l'École des hautes études. Quatre ans plus tard
la Faculté, témoin de ses succès, demandait pour lui la
création d'une chaire de sanscrit et de grammaire comparée des langues indo-européennes, et ce vœu, périodi-
quement renouvelé avec une insistance croissante, était
enfin exaucé par un décret en date du 27 décembre 1885.
Bergaigne, auquel son ouvrage sur la religion védique
d'après les hymnes du Rig-Véda venait, la même année,
d'ouvrir les portes de l'Institut, inaugurait ainsi dans l'enseignement magistral de la Sorbonne l'étude du sanscrit,
en même temps qu'il y ramenait celle de la grammaire
comparée, qui en avait disparu depuis la mort de Hase.

La situation plus en vue qui était faite au nouveau titulaire ne changea rien à sa méthode. Ses leçons et ses conférences gardèrent, dans les deux ordres d'études qui lui
étaient confiés, le caractère sévère qu'elles avaient eu dès
le début. Il était fin lettré cependant, comme le prouve
cette charmante traduction qu'il a donnée, en collabo-
ration avec son beau-frère, M. Paul Lehugeur, de la
Sacountala de Kalidasa; mais s'il savait à l'occasion se
débarrasser de tout appareil scientifique, ce n'était pas
en présence de ses élèves. Rarement il a traité de l'histoire
de la littérature ou de la théologie indiennes, qui auraient
pu attirer à ses leçons un public plus nombreux; l'expli-
cation des textes sanscrits faisait, avec l'exposition des
principes généraux de la grammaire grecque et latine, le

fonds de son enseignement. Mon incompétence ne me per-
met pas d'essayer même d'en caractériser la haute valeur
et l'originalité scientifique ; ce que je puis affirmer, c'est
qu'il a porté des fruits excellents, et qu'il a été donné à
Bergaigne d'atteindre le grand but qu'il s'était proposé,
celui de fonder en Sorbonne une école d'indianistes. Autour de ce maître d'un dévouement absolu à ses élèves,
sur lesquels il reportait la profonde affection dont il avait
été honoré par ses propres professeurs, s'est groupée peu
à peu une élite de jeunes gens, dont quelques-uns ont déjà
pris rang parmi les indianistes d'avenir et qui tous tien-
dront à honneur de perpétuer la tradition scientifique de
l'école dont ils sont sortis.

La mort prématurée de Bergaigne laisse dans l'enseignement de la Sorbonne un vide difficile, pour ne pas
dire impossible à combler. La vie intime de la Faculté
n'en souffrira pas moins cruellement. Il était pour nous
tous un de ces amis à la fois sûrs et aimables dont le commerce récrée l'esprit et réjouit le cœur. Ce grammairien
avait une âme de poète. La grande douleur de sa vie, la
perte d'une femme adorée, moins d'un an après leur union,
lui avait donné de fortes convictions spiritualistes et avait im-
primé à son être entier le cachet d'une douce mélancolie avec
une teinte de mysticisme ; elle n'avait fait qu'aviver les sentiments d'exquise bienveillance qui, avec l'enthousiasme de l'i-
déal, étaient comme le fonds de sa nature privilégiée, aussi
simple et modeste que noble et élevée. De là la sympathie
universelle qui l'a entouré vivant ; de là les regrets una-
nimes qui accompagnent sa fin tragique. L'ampleur de
son talent, l'étendue de son érudition, la finesse de sa

critique ont assuré à sa mémoire scientifique un long souvenir ; mais pour nous qui l'avons connu et aimé, c'est la candeur de sa belle âme qui restera le trait le plus inoubliable de sa chère physionomie.

DISCOURS

DE

M. MICHEL BRÉAL

MEMBRE DE L'ACADÉMIE DES INSCRIPTIONS ET BELLES-LETTRES

AU NOM DE L'ÉCOLE DES HAUTES ÉTUDES.

MESSIEURS,

Après l'Institut et la Sorbonne, l'École des hautes études adresse un dernier adieu au noble esprit que la mort la plus imprévue vient d'enlever à notre amitié. Celui que nous pleurons aimait à dire que nulle part il ne se sentait chez lui comme à l'École des hautes études : c'est là en effet qu'il s'est vu naître à la vie scientifique, c'est là qu'il a enseigné pendant dix-huit ans dans toute la plénitude de la force et avec toute l'ardeur de sa généreuse nature, c'est là qu'il a formé des élèves qu'il nourrissait

de sa science, qu'il remplissait de son feu et qu'il entourait
de sa paternelle affection. Dans nos réunions, où il ne
manquait jamais, il était l'un des membres les plus aimés
et les plus écoutés. Aussi l'École, en apprenant la dispa-
rition d'Abel Bergaigne, s'est-elle sentie frappée dans ce
qu'elle avait de plus élevé et de plus précieux ; en l'absence
de son président, elle a été chercher un de ses plus anciens membres, uni avec Bergaigne par de vieux et chers
souvenirs, et elle l'a chargé d'exprimer publiquement tout
ce que nous perdions en lui.

Est-il nécessaire de dire le sentiment que j'éprouve en
prenant la parole ? Depuis plus de vingt ans, je voyais Abel
Bergaigne à mes côtés, je prenais plaisir à voir s'étendre
sa réputation, les honneurs et les distinctions venir à lui.
Je me sentais vivre et grandir en sa personne. L'idée qu'il
pouvait nous manquer ne s'était jamais présentée à mon
esprit. Il y a quinze jours, il prenait congé de moi, plein
d'entrain et de gaîté, heureux de retrouver ces Alpes dont
il ne pouvait plus se passer, et qui l'attiraient d'un charme
irrésistible, car l'ascension des hauts sommets, qui satis-
faisait chez lui un goût physique, répondait en même temps
à ses instincts poétiques. Cette fois c'était un plaisir de
plus : il allait dans les Alpes françaises. « Vive la France ! »
écrivait-il après quelques jours. « J'entends parler français sur la montagne. Je vois passer des régiments français.
Nous avons tout en France, même la Suisse ! » Au moment
où cette lettre arrivait à destination, notre ami n'existait
déjà plus. Il avait été la victime de cette audace qui l'en-
traînait sur les hauteurs et qui était une des formes de
son enthousiasme.

Bergaigne était encore un étudiant incertain de la voie
qu'il suivrait, candidat fraîchement reçu à la licence, au-
diteur au Collège de France, quand un ensemble de cir-
constances favorables, en 1868, mit fin à ses hésitations et
décida de son avenir. L'École des hautes études venait
d'être fondée et n'avait pas encore fini d'organiser ses
premiers cadres : Bergaigne reçut le titre de répétiteur
adjoint. Dans le même temps, la Société de linguistique,
dont il fut l'un des premiers membres, commençait à tenir
des séances régulières. Bergaigne profita de ces créations
récentes. Il eut à ce moment le bonheur de rencontrer un
maître qui devina ses aptitudes et qui mit au service de
cet élève si bien doué un zèle et un dévouement extra-
ordinaires. Si Abel Bergaigne pouvait m'entendre, il
m'approuverait assurément de rappeler ici ce qu'il dut aux
leçons de M. Hauvette-Besnault, dont la mort, survenue
il y a peu de mois, a été pour lui comme un deuil de
famille. Ce ne sont pas des heures, mais des journées
qu'ils passaient ensemble, lisant sans interruption des livres
sanscrits, collationnant des manuscrits, préparant des
textes pour l'impression. Quand Bergaigne eut des élèves
à son tour, ce qui ne tarda pas longtemps, il usa envers
eux de la même méthode, donnant sans compter son temps
et sa peine. En une matière aussi ardue, il ne faut pas
moins qu'un dévouement de ce genre : il le faut surtout
pour communiquer, en même temps que le savoir, l'amour
de la science. Les élèves de Bergaigne sont répandus aujourd'hui un peu partout : on en a fait le dénombrement,
qui ne va pas à moins de 80 ; plusieurs enseignent dans
nos Facultés de province ou dans des Universités étran-

gères; quelques-uns, qui sont aujourd'hui inconsolables
de sa perte, avaient mérité d'être associés par lui à ses
travaux. Grâce à Bergaigne, Paris est redevenu ce qu'il
avait été par excellence autrefois : un centre pour les
études sanscrites.

L'apprentissage du jeune maître marchait d'un pas
rapide, quand la guerre vint y apporter une subite interruption. Bergaigne fit son devoir avec cette résolution
tranquille qui s'alliait chez lui à la flamme intérieure. Il
fit partie des bataillons de marche, bivouaqua aux avant-
postes, et quand la garde nationale fut appelée à nommer
ses chefs, il reçut du libre choix de ses compagnons
d'armes, lesquels avaient subi l'ascendant qui était en lui,
le grade de lieutenant. Je l'ai vu alors sous l'uniforme,
encore tout plein des sentiments qui grondaient dans tous
les cœurs. Cependant, plus tard, il parlait à peine de cet
épisode de sa vie, que la plupart de ses collègues ont toujours ignoré.

Aussitôt après la paix, il reprit ses travaux avec un
redoublement d'ardeur. En 1872, comme coup d'essai, il
publia un texte sanscrit : c'était un de ces traités moraux,
à la fois élégiaques, philosophiques et mystiques, où la
sagesse indienne est condensée en stances singulièrement
compliquées et subtiles. Cette publication attira sur lui
l'attention d'un juge des plus compétents, qui, par une
curieuse coïncidence, se révélait alors lui-même pour la
première fois. M. Auguste Barth envoya de Genève, où il
s'était retiré après la guerre, un article à la *Revue critique* sur le *Bhâminî-vilâsa :* « publication, disait-il, qui
fait le plus grand honneur à son auteur, ainsi qu'à

l'École des hautes études dont elle est sortie. » Elle ne peut qu'encourager, ajoutait-il, ceux qui n'ont jamais désespéré des études sanscrites en France. La prédiction s'est vérifiée au delà même de la pensée de l'auteur. Cet article fut le commencement d'une amitié qui s'est constamment resserrée avec les années. Bergaigne devait, un jour, se trouver uni, ainsi que M. Senart, à M. Barth pour une grande publication entreprise de concert, l'édition des inscriptions sanscrites du Cambodge.

Dès lors les travaux se succèdent chez Bergaigne, de plus en plus importants et originaux. Ce n'est pas ici, vous le comprenez, le lieu ni le moment de les apprécier ; mais je ne puis me dispenser de dire un mot pour en montrer au moins l'esprit général. Ces travaux se rapportent presque tous, d'une façon plus ou moins étroite, aux Védas.

Les recherches védiques, dont Eugène Burnouf avait pressenti et proclamé l'importance, mais dont il avait seulement pu entrevoir les premiers commencements, s'étaient, durant les vingt dernières années, développées avec un rare éclat en Allemagne et en Angleterre. Des indianistes de premier ordre y avaient appliqué leurs facultés. Mais ces recherches, qui rendirent célèbres les noms de Roth, de Benfey, de Weber, de Max Müller, s'engageaient peu à peu dans une voie où l'imagination avait autant de part que la vérité. Soit par un tour spécial de leur esprit, soit par un désir inconscient d'ajouter à l'intérêt du sujet, ces savants s'étaient attachés à un seul côté des hymnes védiques, qui leur permettait d'y voir comme les premières effusions de la poésie lyrique et les premiers essais de la réflexion humaine. De belles pages ont été écrites en Angleterre et en Allemagne sur cette donnée. Mais en se laissant aller à ce système on avait fini par perdre de vue la réalité. Dès ses premiers essais, Bergaigne réagit contre cette sorte de parti pris : avec autant de modération que de sagacité, il montre que les Védas contiennent, non pas les premiers tâtonnements de la raison humaine, mais les idées souvent bizarres et paradoxales d'une cosmogonie déjà fort raffinée et mise au service du rituel. Il développa cette vue dans son ouvrage sur la religion védique. Au premier moment, une conception si différente du thème généralement admis fut accueillie avec surprise et presque avec scandale. Mais les preuves se succédèrent, de plus en plus nombreuses et convaincantes. Aujourd'hui il n'y a plus que les indianistes dont les yeux ont été prévenus d'ancienne date, qui se refusent à la lumière de l'évidence. Un changement de direction s'est fait dans les études védiques. La révolution ainsi opérée peut être citée comme une des plus belles applications de la *critique* au sens que, depuis Frédéric-Auguste Wolf et David Strauss, le mot a pris en histoire et en philologie.

Je m'arrête sur cette brève indication. Mais tous les travaux qu'entreprenait Bergaigne n'étaient qu'une préparation et un préambule au livre qu'il considérait comme devant être l'œuvre capitale de sa vie : une traduction du Rig-Véda. Il en avait longuement préparé les matériaux, ayant dépouillé à plusieurs reprises, et d'un bout à l'autre, tout le vocabulaire védique. Nul doute que cette traduction n'eût été un monument dont la science française se fût enorgueillie à juste titre. Ce devait être l'occupation des

dix prochaines années. Bergaigne était arrivé à la pleine
maturité de son esprit : il était parvenu à ces frontières
de la science où chaque pas en avant représente une dé-
couverte. L'ardeur au travail, loin de se ralentir, avait
augmenté : il s'était retiré à l'une des extrémités de Paris,
pour échapper aux distractions, ne donnant pas moins de
quatorze heures par jour à l'étude. Un tour d'esprit vrai-
ment original lui faisait apercevoir ce qui restait caché à
d'autres. Que ne pouvait-on attendre de lui ? L'accident
où il a trouvé la mort nous a privés d'une œuvre dont il
parlait déjà comme arrêtée en ses contours généraux dans
sa tête.

Mais ce n'est pas seulement la science qui est atteinte.
Bergaigne était un cœur d'élite. Rien de mesquin ni de bas
n'avait accès dans son âme ! Il voyait, au contraire, les
hommes et les choses à travers un idéalisme qui transfigu-
rait pour lui le monde, dont il se cachait d'habitude, mais
que révélait parfois l'éclat singulier de son regard. La
douleur qui l'avait frappé dans sa plus vive affection, et
qui, avec le temps, s'était changée en un doux souvenir,
l'avait enlevé au-dessus de toutes les préoccupations
vulgaires. Même alors qu'il traitait, avec la conscience
la plus scrupuleuse, les questions qui lui étaient soumises,
on sentait qu'une partie de son être restait au-dessus des
préoccupations ordinaires. A travers ses doutes philosophiques, la croyance à l'existence de Dieu et à l'immor-
talité de l'âme n'avait jamais été ébranlée : de lui on peut
bien dire que *l'amour a été plus fort que la mort*. Il vient
d'achever pour la dernière fois ce pèlerinage au cimetière
Montparnasse qu'il était habitué à faire toutes les semaines.

D'autres que lui cultiveront les fleurs dont cette tombe a toujours été couverte. Mais la piété dont son âme était pleine s'est étendue à ses proches, à ses amis, à ses élèves, et il sera lui-même honoré comme il honorait ses morts.

Paris. — Typ. Firmin-Didot et Cⁱᵉ, impr. de l'Institut, rue Jacob, 56. — 23191.